TAMARO

Rien à cirer

Traduction de l'italien et postface de
Marguerite Pozzoli

Illustrations de
Frédéric Malenfer

ÉDITIONS MILLE ET UNE NUITS

TAMARO
n° 167

Texte intégral
Titre original : *Chissene...*

ISBN : 2-84205-149-1

Sommaire

TAMARO

Rien à cirer

Bien des tragédies naissent d'un défaut de communication.

Susanna Tamaro

Rien à cirer

C'était arrivé un jeudi, en rentrant après la canasta habituelle : alors qu'il parcourait les rues du centre ville, le professeur Baraldi s'était retrouvé nez à nez avec deux jeunes. Sur le moment, en les voyant de loin, il avait pensé à un mirage, comme ceux qui se produisent en plein désert. On était en août et pendant toute la journée le soleil avait tapé dur sur la ville. Mais en s'approchant, il s'était aperçu qu'il s'agissait de deux hommes en chair et en os. Ils n'avaient pas plus de trente ans, étaient plutôt corpulents et vêtus de haillons ; l'un était complètement étendu sur le flanc, les yeux fermés et la tête posée sur un bras, l'autre était accroupi près de lui et tenait un bout de carton sur ses genoux. Sur le carton était écrit : « Nous avons faim » et au-dessous il y avait un cache-pot en plastique avec à l'intérieur quelques pièces de monnaie.

Le professeur n'avait jamais vu de mendiants aussi

jeunes et aussi bien portants. Tout en rentrant chez lui, il continua à y penser. Il pensa aussi à l'un de ses petits-fils qu'il avait rencontré par hasard quelques semaines plus tôt, en se promenant dans la rue. Il était avec des jeunes de son âge et mâchouillait du chewing-gum, la bouche ouverte.

« Salut papy, avait-il marmonné, tout en remuant la mâchoire comme un ruminant.

– Crache ça, lui avait-il ordonné, crache ça tout de suite. »

Mais au lieu d'obéir, Massimiliano avait haussé les épaules. « Rien à cirer… », avait-il dit en riant, et il s'était éloigné avec ses amis.

Presque sans s'en rendre compte, le professeur était arrivé chez lui. Dès qu'il fut dans l'ascenseur, il s'appuya sur sa canne et soupira.

« Mais où diable va le monde ? »

Le professeur Baraldi avait quatre-vingt-cinq ans et, depuis quinze ans, il était veuf. Bien que sa femme fût beaucoup plus jeune que lui, elle s'en était allée la première, emportée par un mal incurable. À l'époque de leur mariage, il était officier dans l'armée ; il avait abandonné la carrière militaire peu après la naissance de leur premier enfant et s'était consacré à la gestion de la fortune de sa femme. Par la suite, il avait ouvert un bureau de conseil fiscal et, grâce à son habileté, il était parvenu à accumuler une fortune très supérieure à celle de départ.

À quatre-vingts ans, il avait été frappé d'une légère ischémie cérébrale et, sur les conseils de son médecin, avait laissé la charge du bureau à ses fils. Contrairement à la plupart des hommes, il ne s'était pas laissé aller, malgré cette oisiveté imprévue. Au contraire, peut-être par crainte que cela ne lui arrivât, il s'était imposé une vie encore plus réglée et méthodique. L'ordre et le respect, disait-il toujours, sont les seules choses qui nous distinguent des animaux.

Après avoir refermé la porte de l'appartement, le professeur Baraldi accrocha son panama blanc au porte-manteau, puis posa un pied sur un escabeau de bois et appela d'une voix forte : « Arnilda ! » Toutes les pièces étaient silencieuses. « Arnilda ! » répéta-t-il d'une voix de stentor. Il y eut un frôlement semblable à ceux que produisent les bêtes dans un bois, et au fond du couloir apparurent deux yeux noirs et étincelants. Le professeur secoua la tête et soupira de nouveau : « Eh oui, Rossella », marmonna-t-il et, avec un signe de tête impérieux, il s'écria : « Ici ! » et indiqua son pied. Une jeune fille de couleur sortit de la pénombre ; elle portait un tablier à petits carreaux rouges et blancs. Un peu chancelante, elle s'agenouilla aux pieds du professeur et, avec des gestes maladroits, commença à lui enlever ses chaussures.

Une demi-heure plus tard, le professeur était à table, devant la télévision allumée. Le présentateur parlait d'une boue qui avait envahi les mers. On voyait, de dos, plusieurs baigneurs immobiles sur une plage et un pédalo qui avançait lentement dans une sorte de gélatine. « Arnilda s'en est allée, pensa le professeur, et moi aussi peut-être, bientôt... » Il sentit un grand vide au niveau de l'estomac, appela Rossella et Rossella parut, tenant dans ses mains une jatte en plastique. « Les concombres, dit le professeur, sont mon plat préféré. » Mais quand elle les eut mis dans son assiette, son désir de les manger s'évanouit. Pendant cinquante ans, Arnilda les lui avait préparés en les coupant très fins, et il ne pouvait se résigner à manger ces espèces de petits tronçons de sauvage que Rossella lui mettait sous le nez.

« Prépare-moi deux œufs », dit-il alors ; et quand elle revint avec l'omelette, il lui expliqua point par point comment il fallait couper les concombres pour qu'ils soient mangeables. Tout en repliant sa serviette, il soupira : « Ah, Arnilda, si tu pouvais voir dans quel état est ton bébé... »

Arnilda était entrée au service du professeur quand il avait cinq ans. Elle était originaire d'une famille de paysans de Fiume Veneto et, bien qu'aux yeux du professeur enfant elle apparût comme une femme faite, à l'époque, en réalité, elle ne devait pas avoir plus de douze ou treize ans.

« Bébé » était le surnom qu'Arnilda lui avait donné à l'époque, et le professeur s'appelait encore « Bébé » deux mois plus tôt, quand elle était morte brutalement, d'un souffle au cœur mal soigné.

Après cette perte survenue du jour au lendemain, la distraction de l'octogénaire professeur s'était mise à empirer.

Un dimanche, alors qu'il déjeunait chez son fils aîné, il s'était levé pour aller se laver les mains avant de passer à table, mais au lieu d'ouvrir le robinet de la salle de bain, il avait ouvert celui du gaz dans la cuisine. Le soir même, ses trois enfants s'étaient réunis et avaient décidé qu'il était temps de remplacer Arnilda. Trouver quelqu'un en Italie s'était vite avéré impossible, si bien qu'ils s'étaient adressés à une organisation spécialisée dans l'embauche de femmes de ménage venues d'autres continents.

Un mois plus tard, Rossella était arrivée du Burundi. Le professeur Baraldi, devant une nouveauté aussi sidérante, n'avait pas fait une scène comme le craignaient ses enfants ; en la voyant paraître sur le pas de la porte, il s'était seulement exclamé : « Ça alors, une jeune fille des paillotes. »

Mais Arnilda était restée au centre de ses pensées et

souvent, quand il était seul chez lui, ou quand il croyait l'être, il s'entretenait avec elle à voix haute comme si elle était encore vivante et présente à ses côtés.

Rossella avait dix-neuf ans et avait fait ses études chez des missionnaires de son pays. Les religieuses lui avaient appris la couture et un peu de piano. Pendant cinq ans, elle avait eu Maria pour voisine de lit. L'année précédente, quand celle-ci était allée travailler en Italie, elle lui avait promis de la rejoindre le plus vite possible. Maria et Rossella, en effet, étaient des amies de cœur. La première était gaie et expansive, la seconde taciturne et renfermée. Pendant leur séjour à la mission, la mère supérieure avait souvent essayé de la corriger. « Chère Rossella, lui disait-elle en la fixant de ses yeux un peu trop lumineux, fais attention, derrière les mots il n'y a que les mots, mais derrière le silence il peut se cacher n'importe quoi. »

« Nimportequoi » avait plusieurs noms, Rossella le savait depuis qu'elle était petite. Bien souvent, elle avait vu sa grand-mère plumer des poules vivantes et brûler les plumes en répétant un mot, et ses frères lui avaient dit un autre mot en la conduisant une nuit au bord de la mer, en pleine tempête. « Nimportequoi » faisait disparaître les objets à l'improviste et rendait aveugles les enfants trop curieux. « Nimportequoi » avait plusieurs noms et était invisible. « Nimportequoi » pouvait faire mal, très mal, mais il existait aussi plusieurs méthodes pour l'apprivoiser. Si on savait les utiliser au bon moment, on était presque sûr de s'en tirer. « Nimportequoi » du professeur Baraldi s'appelait « Arnilda », Rossella l'avait compris dès le premier jour. Si le professeur restait à la maison, « Nimportequoi Arnilda » était toujours à ses côtés et lui, avec une voix différente de sa voix habituelle, il lui parlait sans arrêt, même quand il était dans la salle de bain ou au lit, dans le noir. Mais si le professeur sortait, les choses changeaient. Arnilda devenait alors arrogante, elle faisait tomber l'une après l'autre toutes les assiettes que portait Rossella, brûlait les plats qu'elle cuisinait, faisait voler la poussière à peine balayée et, avec celle-ci, écrivait sur le sol recouvert de linoléum de mystérieux hiéroglyphes.

Une semaine après son arrivée, quand Maria lui téléphona enfin et lui proposa de sortir ensemble le dimanche suivant, Rossella ne se sentit pas seulement heureuse, mais soulagée.

Le professeur Baraldi n'avait jamais appartenu à cette catégorie de gens qui aiment traîner au lit. D'après lui, il ne fallait dormir que le nombre d'heures strictement nécessaires au repos du corps. Mais, l'âge venant, ses heures de sommeil avaient régulièrement diminué. À présent, il n'était pas rare qu'il fût parfaitement réveillé dès trois ou quatre heures du matin. C'était un effet du vieillissement, il le savait bien ; toutefois, il ne pouvait s'empêcher de ressentir, au fond de lui, une certaine irritation. Pourquoi diable devait-on disposer de tout ce temps, quand désormais on n'avait plus rien à faire ?

De plus, cette nuit-là, il avait mal dormi. Au début, il avait eu trop chaud et avait mis en marche l'air conditionné, puis il avait eu trop froid et était allé l'éteindre ; au lieu de ne penser à rien, il ne cessait de penser à ces deux mendiants jeunes et robustes. Quand le campanile de l'église sonna quatre heures, le professeur Baraldi alluma la lumière. En face de son lit, il avait accroché les photos encadrées de ses enfants et petits-enfants. Ce fut en les regardant que soudain il comprit où allait le monde. Le monde allait vers l'impolitesse, voilà où il allait.

Le professeur se leva et, ayant enfilé ses pantoufles et sa veste d'intérieur en poil de chameau, il sortit sur le balcon de sa chambre. Dans la rue passait un tramway, éclairé et vide. Il regarda les immeubles orientés à l'est : derrière les antennes et les cages d'ascenseurs, on commençait à entrevoir une faible lueur.

« Si tout va dans ce sens, se dit-il, quel sens aurait une descendance ? »

Ce fut à ce moment-là, alors qu'il se tenait debout sur son balcon, que le professeur décida de faire quelque chose pour ses petits-enfants, pour ses petits-enfants et pour le monde entier, qui allait avec eux vers l'impolitesse. Rentré chez lui, il se lava et se rasa ; puis, en veste et cravate, il s'assit à son bureau et, de l'écriture hésitante des personnes âgées, écrivit sur une feuille blanche : « Traité de l'ordre et du respect ».

Le dimanche, à huit heures du matin, Rossella était déjà prête. Elle avait enfilé une jupe turquoise et un chemisier blanc. Elle était assise sur son lit, les mains jointes dans son giron, et attendait de sortir. Maria lui avait dit qu'elle passerait la prendre à neuf heures. Rossella connaissait par cœur les lettres que Maria lui avait envoyées quand elle était arrivée en Italie. Ici c'est très beau, lui avait-elle écrit, il y a une foule de choses à acheter et il ne se passe pas un jour où l'on ne s'amuse pas. Maria travaillait chez un couple qui avait deux enfants. Peu après son arrivée, comme ils l'avaient trouvée dégourdie, ses employeurs lui avaient fait passer son permis, pour qu'elle puisse accompagner les enfants à la piscine et au cours d'anglais. Ils lui avaient aussi acheté une petite voiture d'occasion et c'est justement avec celle-ci qu'elle devait venir la prendre, dimanche matin. Rossella soupira, se tordit les mains. Dans une heure, son rêve se réaliserait.

Elles se promèneraient en voiture toute la journée, à travers la ville, comme deux dames riches.

Quand la sonnette retentit enfin, Rossella se précipita hors de l'appartement, courant à perdre haleine, comme s'il y avait le feu.

Vêtue d'une robe moulante imprimée de fleurs multicolores, Maria l'attendait sur le trottoir, en face de la porte cochère. En la voyant, elle ouvrit les bras et poussa un cri aigu. Rossella en fit autant. Elles s'étreignirent très fort et, toujours s'étreignant, commencèrent à bavarder abondamment et à se poser des questions.

Dès qu'elles furent dans la voiture, Maria, d'un doigt, essuya une larme d'émotion, puis se regarda dans le rétroviseur et remit du rouge sur ses lèvres, du rimmel sur ses cils. « Où allons-nous ? » demanda Rossella.

« Surprise ! » répondit Maria ; et, changeant brutalement de vitesse, elle sortit du parking.

La surprise était un grand marché de vêtements d'occasion. Flânant d'un étalage à l'autre, elles y passèrent toute la matinée. Maria prêta à Rossella de l'argent pour qu'elle puisse s'acheter un fourreau en lamé vert. Cet après-midi-là, en effet, elles devaient se rendre à une fête, et Maria voulait que son amie entrât dans sa nouvelle vie telle une reine. En se contorsionnant contre le dossier de la voiture, Rossella essaya la robe. La fermeture Éclair était sur le côté et, en la remontant, elle entendit le bruit d'une déchirure. Au même instant, il se mit à pleuvoir.

« Pas de problème ! » dit Maria, et elle sortit aussitôt, du vide-poche du tableau de bord, un nécessaire de couture. Désormais, la pluie tombait avec la violence des orages d'été, le ciel s'était assombri. Maria alluma la lumière intérieure et enfila son aiguille. « Parle-moi de cette fête », dit Rossella en boutonnant son chemisier.

Et Maria, les yeux fixés sur le tissu, se mit à lui parler de l'après-midi qui les attendait, c'est-à-dire des jeunes hommes qui seraient là, et de ceux qu'elle trouvait les plus intéressants.

Quand Rossella rentra, huit heures plus tard, elle avait si mal aux pieds qu'elle ôta ses chaussures dans le hall et monta pieds nus dans l'appartement.

La lumière du salon était allumée et le professeur assis à son bureau. Pour regagner sa chambre, Rossella fut obligée de passer devant lui. Elle portait encore son fourreau en lamé vert. Dans l'excitation de la danse, il s'était décousu en trois points, et on entrevoyait la peau très foncée. Le professeur répondit à son salut en levant la tête : il ne dit rien, mais Rossella sentit son regard collé sur elle, jusqu'à ce qu'elle entrât dans sa chambre.

Pendant qu'elle prenait une douche rafraîchissante,

elle réfléchit aux conseils que lui avait donnés Maria au sujet de Nimportequoi Arnilda.

Concentrée sur la recherche d'une solution, Rossella sortit de la salle de bain et entra dans sa chambre pour y prendre le slip propre et la chemise de nuit qu'elle avait préparés d'avance sur son lit. La chemise de nuit était là, mais plus de slip. Elle se pencha pour voir si par hasard il n'avait pas glissé sous le lit, mais, sur tout le sol de la chambre, il n'y avait pas l'ombre d'une culotte.

« Ah, non ! » s'écria-t-elle à voix haute ; et, toujours nue, elle saisit sa lime à ongles et l'enfonça dans le trou de la serrure. Comme ça, Nimportequoi Arnilda ne pourrait plus entrer dans sa chambre.

Le professeur était resté toute la journée chez lui pour préparer son traité. Au déjeuner, il avait mangé des tomates à la mozzarella, que Rossella lui avait préparées la veille, et pour le dîner, il avait mangé la même chose. Ses enfants lui avaient téléphoné de Gibraltar. Cette année-là, ils avaient décidé de faire une croisière sur un yacht qu'ils avaient loué tous ensemble. Ils étaient partis de Livourne début août, à destination des îles Canaries. À chaque port, ils s'arrêtaient pour téléphoner à leur père.

« Qu'est-ce que tu fais en ce moment ? lui avait demandé sa fille Annamaria, cet après-midi-là.

– Je travaille pour vous », avait répondu le professeur.

Il s'était écoulé une minute de silence, durant laquelle le professeur avait pu entendre distinctement les hurlements de Sioux de ses petits-enfants. De toute évidence, ils sautaient autour de la cabine téléphonique.

Ce soir-là, les enfants du professeur, qui dînaient dans un restaurant en bord de mer, s'étaient demandé s'ils devaient s'inquiéter de la réponse énigmatique de leur père. « Heureusement qu'il n'a plus les clés du bureau ! » avait dit l'une des belles-filles. « Oui, heureusement ! » avaient repris en chœur tous les autres.

Après le coup de fil, le professeur s'était assis de nouveau à son secrétaire et avait relu les pages écrites. Arrivé à la dernière, il pensa avec un certain orgueil qu'il aurait pu être aussi bon essayiste qu'il avait été bon administrateur. Après un bref préambule dédié à ses enfants, à ses petits-enfants et éventuels arrière-petits-enfants, afin qu'ils se souviennent avec affection de sa droiture tout au long des siècles, il était entré immédiatement dans le vif du sujet.

« La nature nous enseigne l'ordre » : telle avait été la phrase d'exorde.

Suivait une description détaillée de la vie des fourmis, qui avait bien occupé deux feuilles. À la fin de leur description entomologique – travail qui avait exigé l'utilisation de son encyclopédie domestique –, le professeur avait abordé le problème moral, c'est-à-dire que le travail engendrait l'ordre. Au même instant, le campanile de l'église avait sonné sept heures et demie, et le professeur avait fait une pause pour dîner. En rebouchant la bouteille de vin à demi pleine, il lui était venu un doute : et si ce n'était pas le travail qui engendrait l'ordre, mais l'ordre qui engendrait le travail ?

Il retourna à son secrétaire pour mettre ses idées au clair et, sur toute une page, donna en exemple la vie merveilleuse des abeilles. « Bien sûr, s'écria-t-il à la fin, c'est le travail qui engendre l'ordre, comment ai-je pu me tromper ? »

Arrivé à ce point, il lui faudrait faire une brève allusion aux mammifères supérieurs, puis passer à ce qui lui tenait à cœur, c'est-à-dire l'homme et son avenir d'impolitesse. Le seul grand mammifère qu'il connaissait, pour l'avoir vu en Abyssinie, était le lion. « Mes enfants, écrivit-il alors, voyez la majesté et la noblesse du roi de la forêt. » Il réfléchit un instant sur le mot « forêt ». Les lions vivent toujours dans de grands espaces ouverts. Il effaça « forêt » et écrivit « savane ». « Le lion », reprit-il, et il s'arrêta aussitôt. Que faisaient les lions ? Personnellement, il les avait toujours entrevus au soleil ou à l'ombre, toujours immobiles et oisifs. S'ils ne faisaient rien de toute la journée, comment pouvaient-ils être aussi aristocratiques ? Avec un geste lent, le professeur remit son capuchon sur son stylo. Dans son théorème, il y avait une faille.

Peut-être ne devrait-il pas s'aventurer si loin. Des insectes, il fallait passer immédiatement à l'homme, car les insectes et l'homme se ressemblent plus que tout. Sinon, comment pourrait-il justifier sa thèse selon laquelle seuls l'ordre et le respect nous distinguent du monde animal ? Alors qu'il pensait justement à cela, il vit Rossella passer devant lui dans sa robe déchirée. Cette apparition lui ouvrit une perspective nouvelle.

« Les nègres, écrivit-il d'un trait, sont les êtres humains les plus proches des animaux, en fait ils ne connaissent ni l'ordre ni le respect. » Le professeur regarda sa feuille, très satisfait : avec cette phrase, il avait entamé de manière excellente le travail du lendemain. Il enferma son œuvre dans une chemise, quitta son secrétaire et, après une brève promenade au salon, s'assit dans un fauteuil. « Oh, Arnilda », dit-il, et il poussa un grand soupir. En soupirant, il sentit tout à coup quelque chose d'étrange dans l'air. Il renifla bruyamment deux ou trois fois, puis s'écria : « Arnilda ! Ça sent le lion dans la pièce ! » Et au moment précis où il disait « lion », il vit la chair sombre et douce de Rossella ondoyer, généreuse, entre les fentes de lamé vert.

Le lendemain matin, le professeur se réveilla beaucoup plus tard que d'habitude. En se regardant dans le miroir de la salle de bain, il remarqua sa mauvaise mine.

Il avait fait beaucoup de rêves cette nuit-là, tous très agités. Alors qu'il prenait ses vêtements sur la chaise, il aperçut sur le sol quelque chose de blanc : il ramassa la chose et vit aussitôt qu'il s'agissait d'un slip en dentelle synthétique.

Après être sorti pour acheter le journal, le professeur but un café au bar du coin, puis rentra chez lui et s'assit à son secrétaire. Il ouvrit la chemise, ôta le capuchon du stylo, lut la dernière phrase écrite la veille. Dans la pièce voisine, Rossella était en train de passer l'aspirateur, tout en chantant à tue-tête.

« Les nègres, écrivit alors le professeur, sont comme les enfants ; ils chantent, il dansent, mais on ne peut pas compter sur eux. » Il réfléchit, se demandant s'il était bon ou pas, pour l'efficacité de son traité, d'appeler les nègres « nègres ». Il se souvint de la discussion qu'il avait eue avec sa fille Annamaria, après l'arrivée de Rossella. Sa fille l'avait entendu parler au téléphone, avec son compagnon de canasta, de la Pérousine. « Qui est la Pérousine ? » lui avait-elle demandé avec méfiance. L'idée qu'il pourrait avoir une maîtresse, et que cette maîtresse pourrait se transformer en une sangsue avide d'héritage, cette idée obsédait tous ses enfants. Puis, quand il lui avait expliqué que la Pérousine n'était autre que la négrillonne des paillotes couleur chocolat, elle avait pris une mine sévère, disant que le mot « nègre » n'était pas correct, et elle l'avait informé des termes substitutifs modernes. Bref, le « nègre », en langage courant, était devenu une « personne de couleur », de même que l'aveugle était devenu un « non-voyant » et le paralytique un « non-déambulant ». C'était la tendance du moment, on transformait les épithètes en gérondifs précédés d'un préfixe négatif. S'il en était ainsi, pensa alors le professeur, il serait plus normal et cohérent d'appeler les nègres des « non-Blancs ». Il fixa cette idée sur une petite feuille volante : cela pouvait être une excellente trouvaille pour un prochain essai. Juste à ce moment-là, Rossella entra derrière lui : « Professeur, annonça-t-elle, encore vêtue de sa blouse, je vais au marché. Qu'est-ce qu'il faut que j'achète ? » Il se tourna pour la regarder. Dans l'attente d'une réponse, elle déboutonnait lentement sa blouse à fleurs.

« Achète des concombres », lui dit-il. Et alors qu'elle était sur le pas de la porte d'entrée, il lui cria sans savoir pourquoi : « Choisis-les bien gros ! »

Il était déjà onze heures. Le professeur retourna à son traité : il ne laisserait pas passer la matinée de façon stérile.

« Il y a bien des années, mes chers enfants, j'ai combattu dans une guerre contre les non-Blancs et donc, tout ce que je vous dis, je vous le dis en connaissance de cause. » Il relut sa phrase. Il y avait un risque : que « non-Blanc » soit confondu avec « Jaunes ». À côté de « non-Blancs », il ajouta alors un petit astérisque, le reporta au bas de la feuille et ajouta à côté : « non-Blancs d'Afrique ».

Par la fenêtre ouverte commençaient à parvenir les odeurs de repas des appartements voisins.

Rossella appela Maria, de la cabine téléphonique près du marché. Son amie était seule chez elle. « Ça va ? » demanda-t-elle dès qu'elle entendit Rossella. Rossella ne répondit pas à la question. Elle dit aussitôt : « Nimportequoi Arnilda m'a volé un slip. » Maria resta silencieuse. « C'est grave…, dit-elle ensuite, très grave… » et, chuchotant le nom d'une vieille compatriote qui habitait tout près, elle lui promit de la rappeler le plus vite possible chez le vieux.

De retour à la maison, Rossella alla droit dans la cuisine, posa ses achats et regarda sa montre ; il était tard, elle enfila son tablier de cuisine et, sur la table de marbre, se mit à couper les concombres en bâtonnets. Lorsqu'elle entendit la bruit de la télévision, elle se dirigea vers la salle à manger, le plat creux dans une main et le pain dans l'autre.

Le reste ne prit pas plus de cinq minutes. Le professeur dit : « Les concombres, mon plat préféré », elle lui tendit le plat creux et il les vit au fond, coupés comme des frites ; alors, la peau du cou tremblante, il cria : « Grosse bête ! » et il se mit debout, la traîna dans la cuisine en lui serrant le poignet ; là, il lui ordonna : « Prends les concombres. » Elle en sortit un du sachet, il s'en empara, mais, au lieu de le mettre sur la planche à découper, il essaya de le lui enfoncer entre les jambes.

Au bout d'un instant, en hurlant, elle s'était dégagée et s'était enfuie dans sa chambre. Soudain, le professeur avait ressenti une sorte de secousse dans le bras, la secousse était devenue un élancement, le concombre avait roulé au sol, et il était tombé comme un poids mort sur la chaise.

Deux heures plus tard environ, quand le téléphone sonna, le professeur était toujours assis sur sa chaise. Il se leva péniblement et atteignit l'appareil dans l'entrée.

« Nous avons une panne de moteur, dit aussitôt Annamaria. Puis, comme elle n'entendait rien à l'autre bout du fil, elle répéta : Allô, allô ! Papa, tu es là ?

– Jaraboub, chuchota le professeur.

– Papa, tu te sens bien ? Il y eut un long soupir dans le récepteur.

– Mon bras, dit le professeur, j'ai un peu mal au bras…

– Tu es tombé ?

– Non, ce n'est rien, c'est sans doute un vieux rhumatisme.

– Et Jaraboub, qui est-ce ? »

Le professeur soupira de nouveau.

« Qu'est-ce que c'est que cette histoire d'avarie ? demanda-t-il, s'exprimant avec difficulté.

– On ne sait pas encore, répondit sa fille, on attend le mécanicien. Pourquoi n'appelles-tu pas le docteur Melandro ?

– Il fait aussi chaud qu'en Afrique », répondit le professeur, et après cette réponse, une voix étrangère fit intrusion dans la ligne, y grésilla un peu, puis la communication fut coupée.

Pendant un instant, le professeur regarda autour de lui, indécis. Puis il mit son panama, sa veste en lin et sortit de chez lui d'un pas traînant.

Un peu plus tard, le téléphone sonna de nouveau. Derrière la porte de sa chambre, Rossella écouta attentivement, afin de savoir si le professeur était encore dans la maison. C'était peut-être Maria qui l'appelait pour lui donner des instructions. Elle prit son courage à deux mains et se coula hors de la pièce, atteignit le téléphone.

Ayant soulevé le récepteur, elle resta silencieuse, dans l'attente de la voix.

« Ça va ? disait Maria à l'autre bout du fil. Ça va ?

– Maria… dit Rossella, c'est moi… »

Et elle lui raconta aussitôt tout ce qui s'était passé dans la cuisine à l'heure du déjeuner.

Dès qu'elle eut reposé le récepteur, Rossella alla dans la cuisine, ouvrit le congélateur et en sortit le corps d'un faisan avec toutes ses plumes, enveloppé dans du plastique.

Elle l'apporta sur le balcon de la cuisine et, après avoir enlevé le plastique, le posa à l'endroit le plus exposé au soleil. Puis elle s'enferma dans sa chambre et se mit à écrire une longue lettre à sa famille.

Le professeur aussi, quand il rentra à la maison, essaya d'écrire. La douleur au bras s'était un peu atténuée, mais il n'arrivait pas à retrouver la lucidité des jours précédents. « Les rites, écrivit-il, sont l'une des choses qui nous distinguent des animaux. En effet, si un animal meurt, il ne représentera pour ses semblables qu'un banquet succulent, mais si un homme meurt, on lui met ses plus beaux vêtements et on récite autour de son corps des prières pour le salut de son âme et on rivalise de louanges sur lui, quand il était vivant. »

À vrai dire, cette réflexion n'avait pas vraiment de rapport avec ce qu'il avait écrit jusque-là, mais c'était une phrase importante ; le professeur prit donc un crayon rouge, entoura la phrase et, avec une longue flèche, la déplaça au bas de la feuille. Même les chercheurs professionnels, pensa le professeur, ne s'y prennent pas autrement pour clarifier leurs idées.

Les cloches de l'église se mirent à sonner. Le professeur compta les coups, sept graves et deux aigus : sept heures et demie. Il y avait encore beaucoup de lumière dans la chambre, et par la fenêtre ouverte il n'arrivait presque aucun bruit. Les gens sont tous à la mer, à la mer ou à la montagne, pensa le professeur.

Il se leva de sa chaise avec peine et, à petits pas, se dirigea vers la salle à manger. Comme il traversait le salon, son regard tomba sur une photo encadrée. Il portait l'uniforme d'officier fasciste et se tenait debout, très droit, les mains le long des flancs ; au fond, on voyait un bouquet de palmiers.

« Tout passe », chuchota-t-il, et il hocha doucement la tête. Désormais, il savait que la sagesse était un attribut de la vieillesse.

Rossella l'attendait debout, une poêle à la main, près de la table. « Des œufs, professeur ! » hurla-t-elle dès qu'elle le vit et, d'un geste brusque, elle les renversa dans son assiette. « Ma chère Arnilda, quelle grossièreté ! » marmonna le professeur en nouant sa serviette autour de son cou.

Mais Rossella s'éloignait déjà. « Rien à cirer !... » cria-t-elle très fort en guise de réponse, et elle disparut dans la cuisine. Après le dîner, le professeur retourna à son secrétaire et, sur une feuille blanche, il nota au crayon rouge : « Rien à cirer » ; à côté, entre parenthèses, il écrivit « Rien à foutre », suivi d'un point d'interrogation ; il souligna le tout de deux traits et rangea la feuille dans la chemise, avec les autres.

À la télévision, il y avait une émission de variétés avec des danseuses aux cuisses un peu trop grosses. De temps à autre apparaissait un comique qui lançait des phrases en riant avant tous les autres, de manière exagérée. Le professeur écouta un peu, puis, comme cela ne le faisait pas rire et qu'il se sentait la tête lourde, il se leva et alla se coucher plus tôt que d'habitude.

Le lendemain matin, il se réveilla encore plus tard que la veille. Il y avait déjà de la lumière dans la chambre, mais il n'éprouvait aucune envie de se lever. Pensif, il serra son oreiller entre ses bras. Au lieu du tissu moelleux, ses doigts touchèrent quelque chose de rêche et de poussiéreux. Il sortit la main et prit ses lunettes dans la table de nuit : au bout de ses doigts, il vit des taches sombres, rougeâtres. Surpris, il se leva et, debout près du lit, retourna l'oreiller : dessous, il y avait un petit tas de plumes à moitié brûlées et des caillots de sang séchés. Il alla immédiatement dans la salle de bain et examina longuement son visage dans le miroir, à la lumière du néon. C'était peut-être du sang sorti de sa bouche ou de ses oreilles pendant la nuit. Mais les plumes ? Pour sûr, elles ne lui appartenaient pas. Il se souvint alors de certaines histoires que lui racontait Arnilda quand il était enfant. La nuit, disait Arnilda, les sorcières se promènent au-dessus des lits, jettent des maléfices et des sorts. Afin de donner plus de poids à ses mots, elle lui avait même montré, une ou deux fois, des écheveaux de laine tressés à des clous, qu'elle avait trouvés sous son matelas. « Tu vois, mon Bébé, lui avait-elle dit, elles sont passées, elles sont passées. » Ces images avaient frappé son imagination enfantine, et à présent elles lui revenaient à l'esprit.

Quand le téléphone sonna, le professeur était toujours en pyjama. Il traversa le salon tout en enfilant sa robe de chambre ; quand il atteignit le canapé près de l'appareil, il se laissa choir comme un poids mort. « Papa, lui dit son fils aîné, comment vas-tu ? » Au même instant, le professeur sentit de nouveau l'élancement à son bras droit. Il commença à respirer bruyamment. « Dans l'oreiller, dit-il en haletant, il y a des plumes. » Son fils se tut. On entendait un bruit de fond : quelqu'un tapait à coups de marteau.

« Ton oreiller est rempli de plumes, non ? demanda-t-il ensuite, hésitant.

– Arnilda dit qu'elles passent… elles sont passées.

– Papa, cria presque son fils, quelle heure est-il ? Comment t'appelles-tu ? Allô ? Allô ? ! »

À l'autre bout du fil, c'était comme s'il n'y avait plus personne.

Dès qu'il eut raccroché, le fils sortit de la cabine et retrouva sa sœur dans un bar voisin. Il était persuadé qu'elle avait le numéro du médecin traitant et elle, elle était sûre que c'était lui qui l'avait. Ils commencèrent à se disputer âprement. « C'est ta faute, criait Annamaria, parce que toi, en vérité, tu as toujours été envieux, tu ne l'as jamais aimé ! »

« Non, ma chère, c'est toi qui ne l'as jamais aimé ; si ça avait été le cas, tu n'aurais jamais fait le genre de mariage que tu as fait ! »

Avec l'arrivée de leurs conjoints respectifs, ils se calmèrent. La seule chose à faire, dit le mari d'Annamaria, c'est d'appeler quelqu'un à Rome pour qu'il trouve le numéro du médecin.

Quand Rossella entra dans le salon, tenant son plumeau, tout ce qu'elle vit du professeur, ce fut une main dépassant du dossier du canapé. Elle s'avança avec circonspection et, pour voir s'il était vivant ou mort sans le toucher, elle lui mit son ustensile sous le nez. Les plumes d'autruche s'agitaient faiblement, d'avant en arrière.

Alors, glissant sur ses patins, elle atteignit le téléphone et appela Maria. Par chance, elle était chez elle. Ses employeurs étaient partis à la mer pour quelques jours. « J'arrive », avait-elle dit, et elle était sortie sans même se changer. Un quart d'heure après, elle était chez son amie. Rossella la conduisit tout de suite au salon. « Tu as vu ? La vieille ne se trompe jamais » s'exclama-t-elle, satisfaite, en montrant le professeur.

« Et main… maintenant ? » demanda Rossella.

Maria savait que son amie bégayait quand elle était très nerveuse.

« Ne t'en fais pas, dit-elle, on va l'emmener à l'hôpital, comme ça tout semblera normal. »

Elles enveloppèrent le professeur dans une vieille couverture militaire trouvée dans l'armoire et le portèrent au pied de l'escalier. Le concierge était en vacances et personne ne les vit, même quand elles le chargèrent plié en deux sur le siège arrière. Comme d'habitude, Maria lâcha brutalement la pédale de l'embrayage, et la voiture bondit en avant. C'était le 15 août, les rues étaient presque entièrement désertes.

« On va de quel côté ? demanda Rossella.

– Je ne sais pas exactement, dit Maria, mais tu vas voir, on va trouver. »

Elles se mirent à rouler lentement, dans les rues du centre. À chaque carrefour, elles s'arrêtaient et lisaient les indications sur les panneaux. « Ici, il n'y a rien du tout », dit Maria au bout d'un moment, et elle tourna dans une rue qu'elle n'avait jamais prise. De temps à autre, Rossella soulevait la couverture pour voir le visage du professeur et surveiller son état de santé. « Il respire toujours ? » demandait alors Maria. « Oui, je crois que oui », répondait Rossella. À part cette conversation laconique, il régnait un grand silence dans la voiture. Toutes deux savaient que si le professeur mourait en voiture, Nimportequoi Arnilda, pour se venger, essayerait d'entrer dans leur corps et les détruirait.

Pendant qu'elles traversaient une grande place déserte de la banlieue, le professeur se mit à respirer bruyamment.

« De... demandons à quelqu'un », proposa Rossella.

Maria s'approcha d'un kiosque à journaux ouvert. Rossella passa la tête par la fenêtre. « Où est l'hôpital ? » demanda-t-elle à la marchande de journaux. « Quel hôpital ? » dit la femme, soupçonneuse, lorgnant à l'intérieur de la voiture. « Un hôpital, cria Maria de sa place, n'importe lequel ! » La femme se gratta le menton. « Allez tout droit, par là, dit-elle en continuant à se gratter, puis, au troisième ou au quatrième feu de circulation, tournez à gauche, après vous irez tout droit jusqu'au marché communal et là, eh bien là vous demanderez encore, ce n'est pas loin... »

La petite voiture prit de nouveau la voie centrale. Désormais, c'était l'heure du déjeuner et les rues étaient désertes. Au troisième feu, comme l'avait dit la femme, elles tournèrent à gauche. Les maisons commençaient à se faire plus rares, séparées par de maigres petits prés. Quand elles arrivèrent au carrefour suivant, aucune des deux ne se rappelait la direction à suivre.

« À droite, je crois », disait Maria, et Rossella disait « Non, c'est la première à gauche ». Elles finirent par opter pour la rue à gauche. Celle-ci était longue et droite, bordée de petites constructions en préfabriqué et de cimetières de voitures. « Il n'y a aucun marché », fit remarquer Rossella au bout d'un moment. Maria fit un brusque demi-tour. « C'est moi qui avais raison, dit-elle, il fallait prendre à droite. »

Mais elles eurent beau remonter toute la rue à droite, elles ne trouvèrent pas de marché. Elles décidèrent alors de revenir dans la rue principale, mais, avec tous les sens uniques, elles finirent par se perdre. Entre-temps, le professeur s'était mis à respirer d'une manière saccadée et bruyante, comme s'il avait monté dix étages au pas de course. « Il faut faire vite », dit Maria et, en passant sous un échangeur, elle se retrouva tout à coup sur une route très large, à quatre voies. De temps à autre passait un camion, une voiture bondée, avec des familles qui partaient en vacances.

« I... ici il n'y a pas d'hôpital, murmura Rossella.

– J'ai quand même une idée, dit Maria en actionnant le clignotant.

– Où allons-nous ? » demanda Rossella, mais avant que Maria lui eût répondu, elles s'étaient déjà arrêtées au bord de la route, près d'un canapé défoncé. Non loin de là, on entrevoyait la silhouette d'une jeune fille en minijupe, occupée à lire une revue, dans une petite zone d'ombre. « Ici, il passe beaucoup de monde », dit Maria en descendant de voiture et en empoignant la couverture qui enveloppait le professeur. « Aide-moi... on va le mettre là, tu verras, quelqu'un s'arrêtera tout de suite et l'emmènera à l'hôpital. » L'espace d'un instant, pendant qu'elle accomplissait cette opération, les yeux de Rossella croisèrent les yeux mi-clos du professeur. « Allons-nous-en », dit-elle dès qu'elles l'eurent installé sur le canapé ; et elle monta dans la voiture, claquant la portière avec violence. Tout en s'éloignant, Maria surveillait le rétroviseur, pour voir si la jeune fille qui lisait s'était aperçue de quelque chose. Non, elle était immobile dans la même position qu'avant, la revue ouverte sur les genoux.

« Si on ne l'emmène pas à l'hôpital, Nimportequoi Arnilda s'emparera de toi », fit remarquer Rossella.

Maria haussa les épaules et marmonna : « Rien à cirer...

– Oui, rien à cirer... » répéta Rossella avec un soupir, pendant que, dans le rétroviseur, le canapé sur lequel se trouvait l'homme devenait un tout petit point, au bout d'une route inondée de soleil.

Écrire, pour conjurer le chaos...

« Le livre-étendard d'une génération en quête de sens » : c'est ainsi que Marcelle Padovani, dans un article du *Nouvel Observateur*[1], définissait *Va dove ti porta il cuore* (*Va où ton cœur te porte*) : le roman connaissait en Italie un succès extraordinaire auprès d'un public qui n'était pas seulement composé d'adolescents, mais de gens de tous âges et de tous milieux. Traduit en plus de trente langues, porté à l'écran, le livre est devenu un succès mondial. En Italie, il est à l'origine de slogans publicitaires, de parodies, de copies-pirates... De quoi s'agissait-il ? D'une grand-mère qui vit sur les hauteurs du Carso, près de Trieste et qui, sentant qu'elle va bientôt mourir, veut léguer à sa petite-fille un message d'amour et de vérité. Elle lui confie ainsi, à travers une série de lettres, l'histoire de sa propre enfance dans un milieu bourgeois et conformiste, celle de son mariage et de sa « liaison » avec un homme dont elle aura un enfant – une fille que détruiront la drogue et un psychanalyste sans scrupules, et qui ne supportera pas d'apprendre, trop tard, la vérité sur sa propre naissance. Un roman apparemment simple mais parfaitement construit et qui, malgré sa brièveté, fait dialoguer quatre générations de femmes, un roman qui parle de douleur et de tendresse et qui invite, dans un monde de bavardage et de consumérisme, à se taire pour que puisse s'élever la « voix du cœur ». « Miracle à l'italienne » ? Peut-être. « Miracle », surtout, d'une écriture étonnamment maîtrisée, sans pathos, capable de rendre les nuances et le « parlé » du monologue avec une justesse frappante (beaucoup pensaient que l'auteur était une vénérable grand-mère et non une jeune femme de trente-sept ans), capable également de passer d'un style proche de celui du conte à la réflexion morale, ou plutôt éthique.

Ces qualités que le grand public italien découvrait, un premier roman, *La Testa fra le nuvole* (*La Tête dans les nuages*) et un recueil de nouvelles, *Per voce sola (Pour voix seule)* parus cinq ans et trois ans plus tôt, les manifestaient déjà. Le premier est un roman de formation aux allures de conte, qui met en scène un adolescent épris d'indépendance, Ruben. Derrière une apparence de légèreté et d'humour apparaissait déjà l'inquiétude face à un monde des adultes souvent incompréhensible, cocasse et perfide. *Per voce sola* devait confirmer ces qualités, dans un autre registre.

Chaque nouvelle (cinq en tout) donne la parole à un personnage différent, de l'enfance à l'extrême vieillesse : leur point commun est la solitude et la souffrance des non-dits. Federico Fellini ne s'y est pas trompé, qui a été subjugué par « cette voix ample et atroce, cette écriture honnête et impeccable ». Intrigué, il souhaite rencontrer l'auteur et voit arriver « un Poil de Carotte en mobylette, [...] une Gelsomina libérée, une petite créature fascinante, innocente, qui m'a donné la joie de m'émouvoir sans en avoir honte, de la même façon que lorsque j'ai lu *Oliver Twist* ou certaines pages de *L'Amérique* de Kafka[2] ».

Rien à cirer s'inscrit dans la continuité de *Per voce sola*, même si le narrateur, extérieur et ironique, ne prend fait et cause ni pour le professeur Baraldi, ni pour Rossella, la jeune fille « des paillotes », mais constate simplement, avec un humour un peu amer, que « bien des tragédies naissent de défauts de communication ». Face au chaos du monde « moderne », le vieux professeur entreprend d'écrire un « Traité de l'ordre et du respect ». Peine perdue : ses enfants l'ont abandonné depuis longtemps et Rossella, qui ne sait pas couper les concombres correctement, ne comprend rien à celui qu'elle prend pour un vieux fou un peu vicieux... Dans *Une enfance*, la troisième nouvelle de *Per voce sola*, l'adolescent mal-aimé qui deviendra un assassin catalogue les pierres et, dans l'obscurité de sa chambre, se répète leurs noms merveilleux pour essayer de conjurer le destin…

Malgré le succès qui aurait pu lui monter à la tête, Susanna Tamaro continue à vivre en fonction de choix bien précis : elle alterne romans et nouvelles, et livres pour enfants ; elle aime par-dessus tout la nature et les animaux, cultiver amoureusement son potager, cuisiner d'excellentes tartes, broder, faire du vélo de course et du karaté. Elle admire Kafka, Rilke et Flannery O'Connor mais se dit résolument anti-intellectuelle, et nourrit une véritable passion pour Eurodisney. Mais elle vient aussi de publier un roman de formation intitulé *Anima Mundi*, qui est à la fois une satire de la société italienne et un livre sur la banalité du mal et le danger des idéologies totalitaires. Les critiques sont partagés. Le public italien, lui, a déjà plébiscité le livre.

MARGUERITE POZZOLI

1. Numéro du 30 mars au 5 avril 1995.
2. *La Repubblica*, 4 juin 1991.

Repères biographiques

1957. Naissance à Trieste. Susanna Tamaro a des racines hébraïques et cosmopolites.

Son enfance est solitaire et malheureuse. Elle a dix ans lorsque sa mère se remarie. Son père s'est fort peu occupé d'elle ; c'est avec sa grand-mère Elsa (à qui est dédié le recueil *Pour voix seule*) qu'elle connaît de véritables relations de tendresse. À l'école, une de ses institutrices parle d'une « enfant apathique et sans vie », qui « semble ne s'intéresser à rien ». « Par hypersensibilité, dit Susanna, je m'étais enfermée dans un mutisme absolu »(*La Stampa*, 2 juillet 1991). Cette indifférence n'est qu'apparente. À sept ans, elle connaît déjà une cinquantaine de sortes d'oiseaux. Cataloguer, dit-elle, c'était « une manière de sortir du chaos » (*idem*).

À dix-huit ans, elle quitte Trieste pour Rome et s'inscrit au Centro Sperimentale di Cinematografia. Diplôme de réalisation en 1979. Pendant dix ans, elle réalise des documentaires scientifiques pour la RAI.

À vingt-trois ans, elle écrit un premier roman (jamais publié), *Illmitz*, du nom d'un village entre l'Autriche et la Hongrie, où se trouve un parc pour animaux. Pendant une dizaine d'années, elle écrit d'autres romans, qui ne trouveront pas d'éditeur.

1989. *La Testa fra le nuvole* (Marsilio) obtient le prix Elsa-Morante (*La Tête dans les nuages*, Plon 1996).

1991. Publication, toujours chez Marsilio, de *Per voce sola* (*Pour voix seule*, P.O.L. 1993), recueil de cinq nouvelles qui obtient d'excellentes critiques, ainsi que deux prix : le prix du Pen Club et le prix Rapallo. Bouleversé par le livre, Federico Fellini le propose à l'éditeur allemand Diogenes.

1992. *Cuore di ciccia* (Mondadori), livre pour enfants, est traduit en France sous le titre *Cœur de lardon* (L'École des loisirs). Il y est question d'un enfant boulimique, dont la mère suit des régimes draconiens pour garder la ligne…

1994. Publication de *Papirofobia* (livre pour enfants, Mursia). Mais c'est surtout l'année de *Va dove ti porta il cuore* (*Va où ton cœur te porte*, Plon, 1995). L'auteur a quitté Marsilio pour une jeune maison d'édition milanaise, Baldini & Castoldi. Le roman connaît un succès prodigieux : plus de quatre millions d'exemplaires vendus dans le monde entier, traduit dans une trentaine de langues, c'est un véritable phénomène éditorial. En 1995, sur un scénario écrit en collaboration avec Roberta Mazzoni, Cristina Comencini en tirera un film du même titre, avec Virna Lisi dans le rôle principal. Le film sort en France en 1997.

1995. *Il Cerchio magico* (livre pour enfants, Mondadori, publié en France sous le titre *Un parc magique*, L'École des loisirs), satire de la société berlusconienne.

1997. *Anima Mundi* (Baldini & Castoldi) est un roman de formation, ainsi qu'une réflexion sur le mal (Plon, 1997).

Susanna Tamaro tient une rubrique régulière dans l'hebdomadaire *Famiglia Cristiana.* Elle vit entre Orvieto, où elle a une maison de campagne, et le Trastevere, à Rome.

Repères bibliographiques

- *Anima Mundi*, Plon, 1997
- *La Tête dans les nuages*, Plon, 1996
- *Va où ton cœur te porte*, Plon, 1995
- *Un parc magique*, L'École des loisirs, 1995
- *Pour voix seule*, P.O.L., 1993
- *Cœur de lardon*, L'École des loisirs, 1992

Mille et une nuits propose des chefs-d'œuvre pour le temps d'une attente, d'un voyage, d'une insomnie…

Derniers titres parus chez le même éditeur

125. Lewis Carroll, *La Chasse au Snark.*
126. Khalil Gibran, *Le Fou.* 127. Thomas Mann, *La Loi.*
128. Victor Hugo, *L'Art d'être grand-père.*
129. Pierre Legendre, *La Fabrique de l'homme occidental.*
130. Jean-Jacques Rousseau, *Discours sur l'origine et les fondements de l'inégalité parmi les hommes.* 131. Apocalypse.
132. Julien Offray de La Mettrie, *L'Art de jouir.*
133. Raphaël Confiant, *La Baignoire de Joséphine.*
134. Charles Baudelaire, *Mon cœur mis à nu.*
135. *Bhagavad-Gîtâ.* 136. Érasme, *Éloge de la folie.*
137. Bernard Comment, *L'Ongle noir.* 138. Ambrose Bierce, *Le Club des parenticides.* 139. Lucien de Samosate, *Sectes à vendre.* 140. Edith Wharton, *Les Yeux.*
141. Baltasar Gracián, *L'Homme de cour.*
142. Nicolas de Chamfort, *Maximes et Pensées.*
143. Dominique Méda/Juliet Schor, *Travail, une révolution à venir.* 144. Émile Zola, *Comment on se marie.* 145. Aristote, *Poétique.* 146. Alessandro Baricco, *Novecento : pianiste.*
147. Honoré de Balzac, *Traité des excitants modernes.*
148. Herman Melville, *Les Îles enchantées.* 149. Arthur Koestler, *Les Militants.* 151. Jack London, *Construire un feu.*
152. Émile Zola, *Comment on meurt.* 153. Alexandre Pouchkine, *Le Coup de pistolet.* 154. Ferenc Karinthy, *L'Âge d'or.*
155. Jules Verne, *Une Fantaisie du docteur Ox.* 156. Confucius, *Entretiens du maître avec ses disciples.* 157. Edgar Morin/ Christoph Wulf, *Planète : l'aventure inconnue.*
158. Jean-Bernard Pouy, *Plein tarif.* 159. Chester Himes, *Une messe en prison.* 160. Cesare Battisti, *Nouvel An, nouvelle vie.*
161. Jean Ray, *Le Psautier de Mayence.* 162. Lovecraft, *Les Rats dans les murs.* 163. Dashiell Hammett, *Le Meurtre de Farewell.*
164. Gérard de Nerval, *Aurélia.* 165. Oscar Wilde, *Le Fantôme des Canterville.* 166. Hanns-Erich Kaminski, *Céline en chemise brune.* 167. Susanna Tamaro, *Rien à cirer.* 168. Dan Franck, *Tabac.* 169. Ernesto Che Guevara, *Voyage à motocyclette.*
170. Jacques Testart/Jens Reich, *Pour une éthique planétaire.*

Pour chaque titre, le texte intégral, une postface, la vie de l'auteur et une bibliographie.

Achevé d'imprimer en août 1997,
sur papier recyclé Ricarta-Pigna par G. Canale & C. SpA (Turin, Italie)